文／粟田伸子

居住於日本神奈川縣，非常喜歡狗。成立企鵝工作室（Penguin Studio）後，以紙藝家的身分從事各種活動。自2006年起，與多田治良搭檔進行創作，主要作品有《我的朋友好好吃》（三之三），以及《你不知道的屁股知識》、「妖怪屋」系列（以上暫譯）等。

圖／秦好史郎

日本兵庫縣出生，畢業於京都精華大學美術系，現活躍於插畫、裝幀和廣告領域。喜歡用各種媒材作畫，享受不同呈現方式帶來的新鮮感，夢想是創作能激發讀者想像力和打動人心的繪本。作品有《數一數，動物有幾隻？》和《迷路的小犀牛》（小熊出版）、《我們的椿象圖鑑：惱人的蟲蟲變成大家的寶貝》（快樂文化）、《圖書館裡的祕密：建築大師安藤忠雄的首度繪本創作》（三采）、《你好！我的畫》（小典藏出版）、《魔法的夏天》（小天下）等。

譯／李彥樺

日本關西大學文學博士，曾任東吳大學日文系兼任助理教授，現為專職譯者，譯作涵蓋科學、文學、財經、實用書、漫畫等領域，在小熊出版譯有《在超市遇見戴爾·卡內基：跟人際關係大師學30個人心掌握術》、「繪本工作細胞」系列、「未來工作圖鑑」系列等作品，並於FB粉專「小黑熊的翻譯世界」上不定期更新翻譯心得。

小熊出版官方網頁　小熊出版讀者回函

精選圖畫書
腸道列車噗噗噗
文：粟田伸子　圖：秦好史郎　譯：李彥樺

總編輯：鄭如瑤｜主編：陳玉娥｜編輯：張雅惠｜美術編輯：張雅玫
行銷副理：塗幸儀｜行銷企畫：林怡伶

出版：小熊出版／遠足文化事業股份有限公司
發行：遠足文化事業股份有限公司（讀書共和國出版集團）
地址：231 新北市新店區民權路 108-3 號 6 樓
電話：02-22181417｜傳真：02-86672166
劃撥帳號：19504465｜戶名：遠足文化事業股份有限公司
Facebook：小熊出版｜E-mail：littlebear@bookrep.com.tw

讀書共和國出版集團網路書店：www.bookrep.com.tw
客服專線：0800-221029｜客服信箱：service@bookrep.com.tw
團體訂購請洽業務部：02-22181417 分機 1124
法律顧問：華洋法律事務所／蘇文生律師
印製：凱林彩印股份有限公司｜定價：320 元
初版一刷：2023 年 12 月
ISBN：978-626-7361-63-4
書號：0BTP1146

CHOU OMOSHIROI
Text © AWATA Nobuko & Illustration © HATA Koshiro 2023
First Published in Japan in 2023 by Froebel-kan Co., Ltd.
Complex Chinese language rights arranged with Froebel-kan Co., Ltd.,
Tokyo, through Future View Technology Ltd.
All rights reserved.

國家圖書館出版品預行編目（CIP）資料

腸道列車噗噗噗／粟田伸子文；秦好史郎圖；李彥樺譯.-- 初版.-- 新北市：小熊出版，遠足文化事業股份有限公司，2023.12
32面；20.4×25.7公分.--（精選圖畫書）
ISBN 978-626-7361-63-4（精裝）

1.SHTB：人體--3-6歲幼兒讀物

861.599　　　　　　　　　　　　　　112019415

腸道列車噗噗噗

文／粟田伸子　　圖／秦好史郎　　譯／李彥樺

這裡是毛毛蟲幼兒園。

「今天我們來玩猜謎遊戲吧！」

敏子老師問大家一個問題：

「在什麼地方就算脫掉褲子、光著屁股也不會被罵？」

「我知道！」

小裕最喜歡玩猜謎遊戲了。

他正要說出答案，

沒想到……

咕嚕嚕……

他突然覺得肚子好痛。

（怎麼辦？好想大便！）

可是害羞的他根本不敢說出口。

小裕的肚子越來越痛了。

「答案是廁所！
老師，我和小裕可以去廁所嗎？」
小裕的好朋友小櫻舉手說。
「答對了！你們快去吧！」
敏子老師說。

「呼！差點就
來不及了。」
小裕走出廁所，
發現小櫻正在等他。
「嘿嘿！小櫻，謝謝你。
我一定是昨天吃太多冰了。」
「幸好你沒有拉在褲子上，真是嚇死我了！」
小櫻剛說完，眼前突然冒出白煙。

「腸道問題就交給我吧！」
白煙裡出現了一位看起來很奇怪的大叔。
「叔叔，你是誰？你的髮型好有趣喔！」

小裕的話才說完，周圍的景色就突然改變了。

「歡迎來到超神奇腸道樂園！我是腸道博士，

只要是和腸道有關的事情，問我就對了！」

「腸道？可是我只對鐵道有興趣吔！」

「別這樣嘛！腸道可是身體的一部分呢！」

「我一點也不想知道腸道的事……」

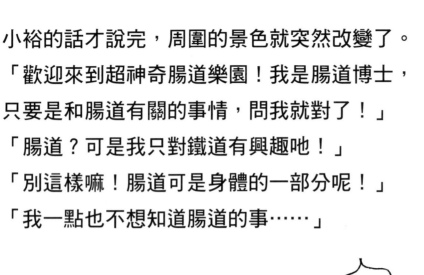

腸道列車

「我們的腸道真的很有趣喔！
小裕，你剛才想要大便，也是腸道在作祟。
趕快搭上腸道列車，來一趟腸道探險之旅吧！」
腸道列車駛進了像嘴巴的巨大洞口。

「這裡是食道，
也就是食物通過的隧道。
食道的牆壁會不停蠕動，
把食物推擠到下面。」

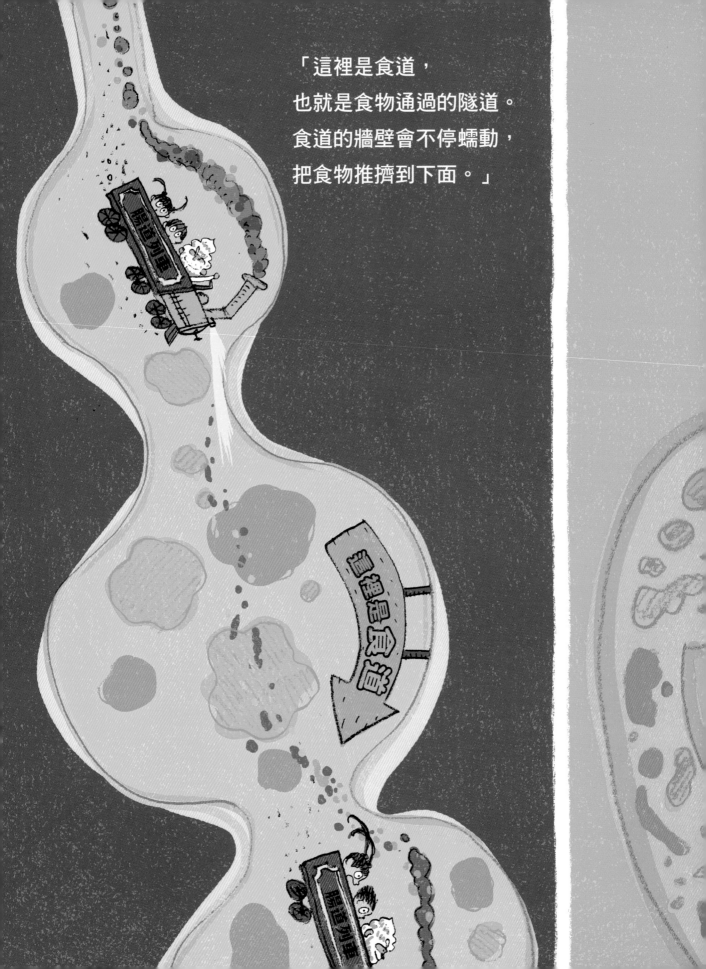

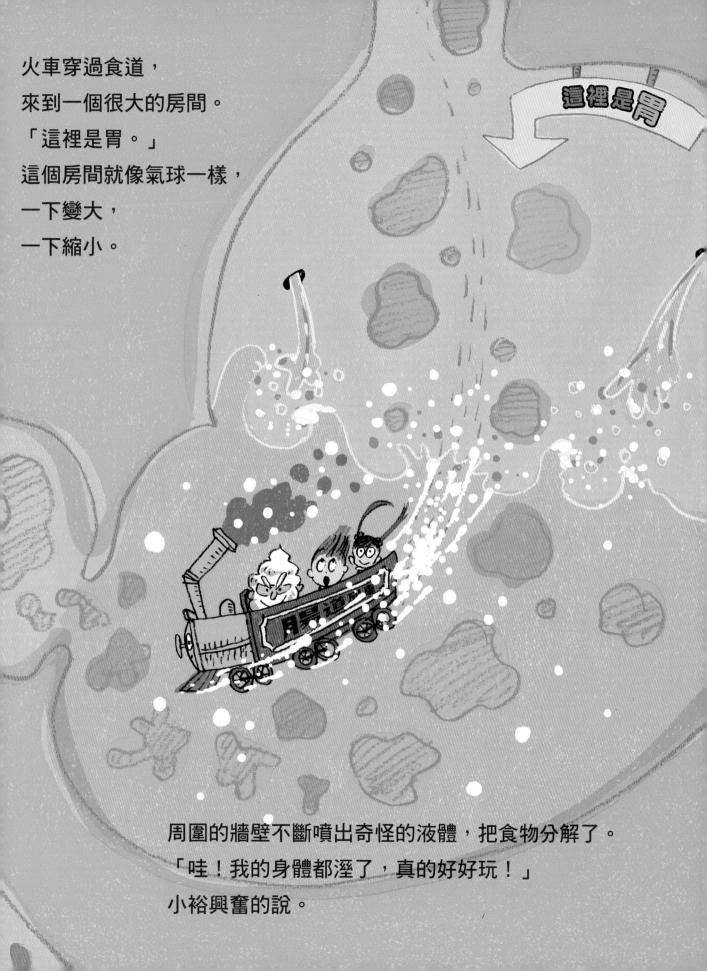

火車穿過食道，
來到一個很大的房間。
「這裡是胃。」
這個房間就像氣球一樣，
一下變大，
一下縮小。

這裡是胃

周圍的牆壁不斷噴出奇怪的液體，把食物分解了。
「哇！我的身體都溼了，真的好好玩！」
小裕興奮的說。

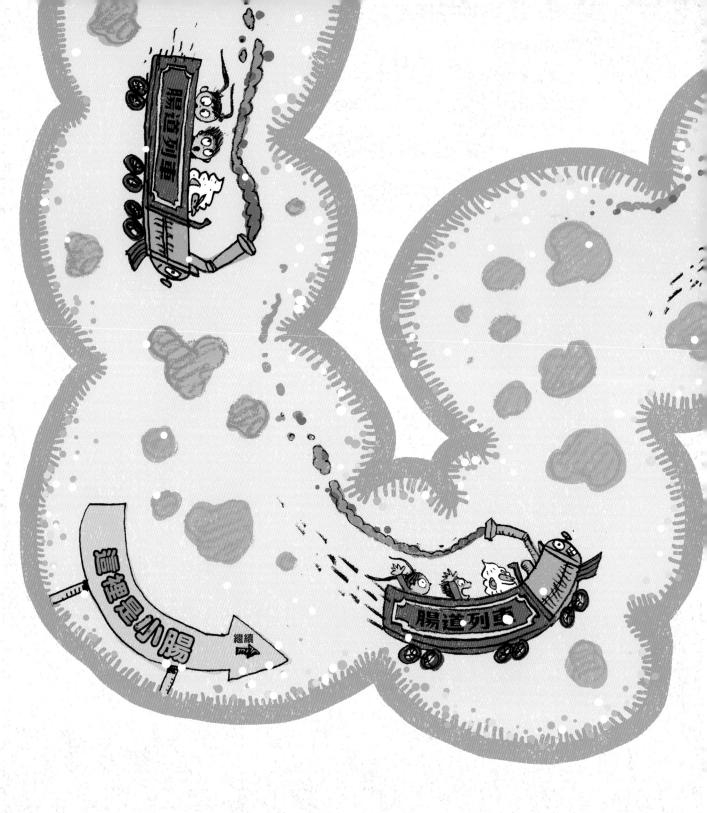

腸道列車離開胃之後，進入一條很長的隧道。
隧道裡彎彎曲曲，讓列車變得像雲霄飛車一樣刺激。

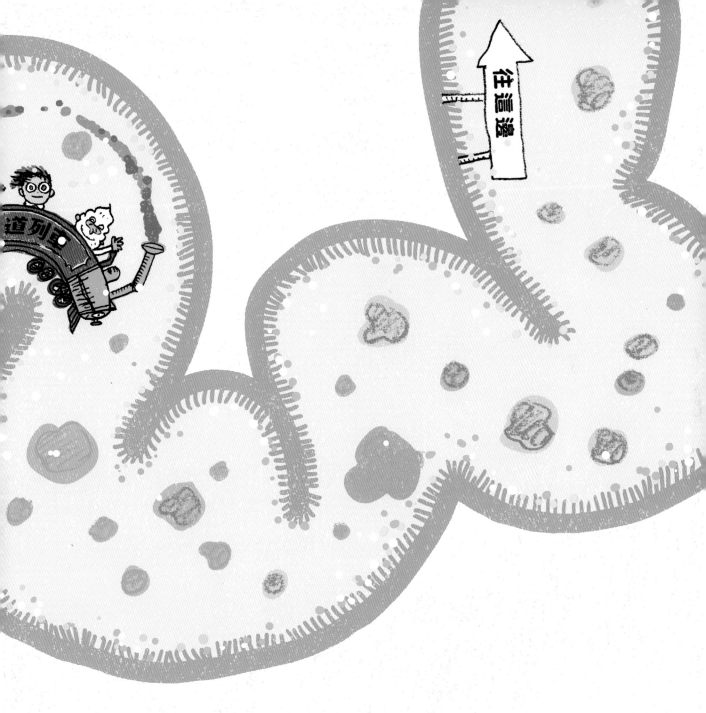

「這條隧道是小腸，負責吸收在胃中被分解的食物。
為了更容易吸收營養，小腸的內壁長了許多絨毛。」
「真的吔！好有趣！」
小裕和小櫻都覺得很新奇。

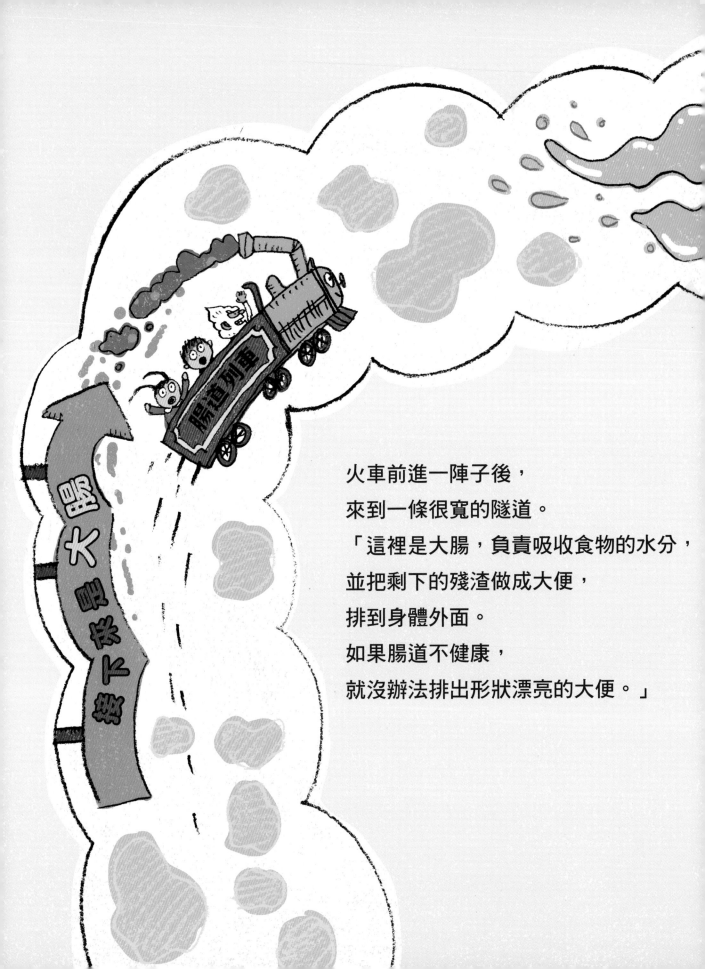

火車前進一陣子後，
來到一條很寬的隧道。
「這裡是大腸，負責吸收食物的水分，
並把剩下的殘渣做成大便，
排到身體外面。
如果腸道不健康，
就沒辦法排出形狀漂亮的大便。」

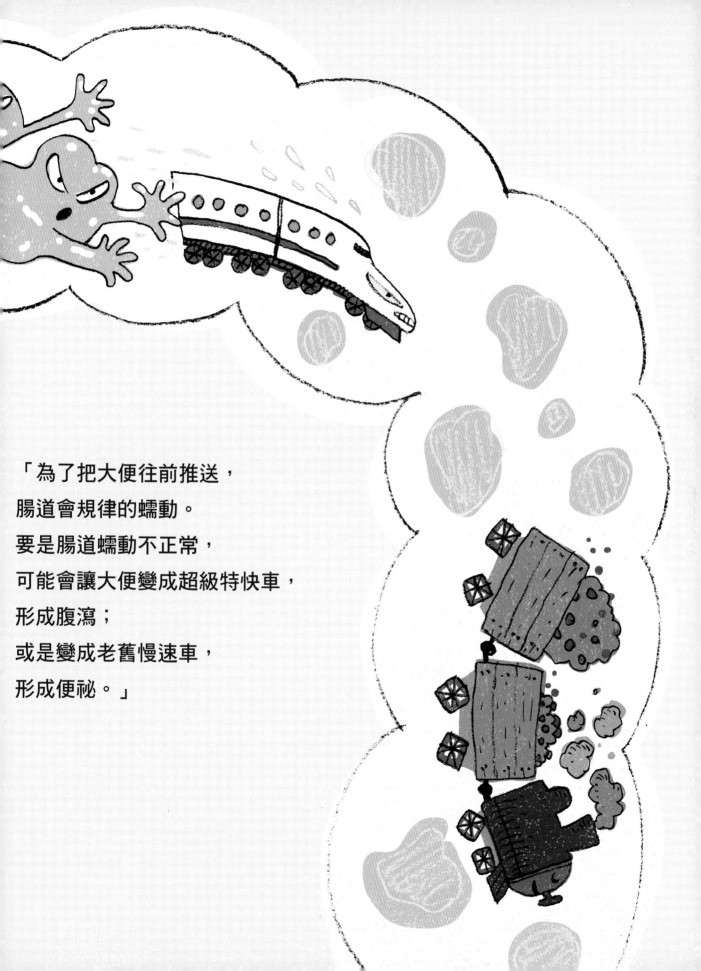

「為了把大便往前推送，
腸道會規律的蠕動。
要是腸道蠕動不正常，
可能會讓大便變成超級特快車，
形成腹瀉；
或是變成老舊慢速車，
形成便祕。」

腸道列車的速度越來越慢，而且周圍出現許多泡泡。

這些泡泡一顆接著一顆破掉，發出「啵！啵！啵！」的聲音。

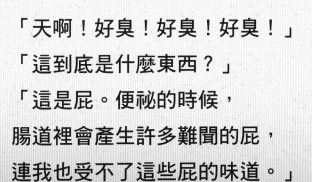

「天啊！好臭！好臭！好臭！」
「這到底是什麼東西？」
「這是屁。便祕的時候，
腸道裡會產生許多難聞的屁，
連我也受不了這些屁的味道。」
腸道博士捏著鼻子說。

突然，一顆超巨大的臭屁泡泡朝著列車飛奔而來。
「哇啊！它快撞上來了！
你們快捏住鼻子！
不對，是抓穩了！」
就在腸道博士大喊的時候……

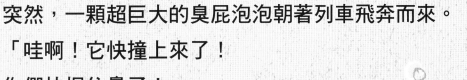

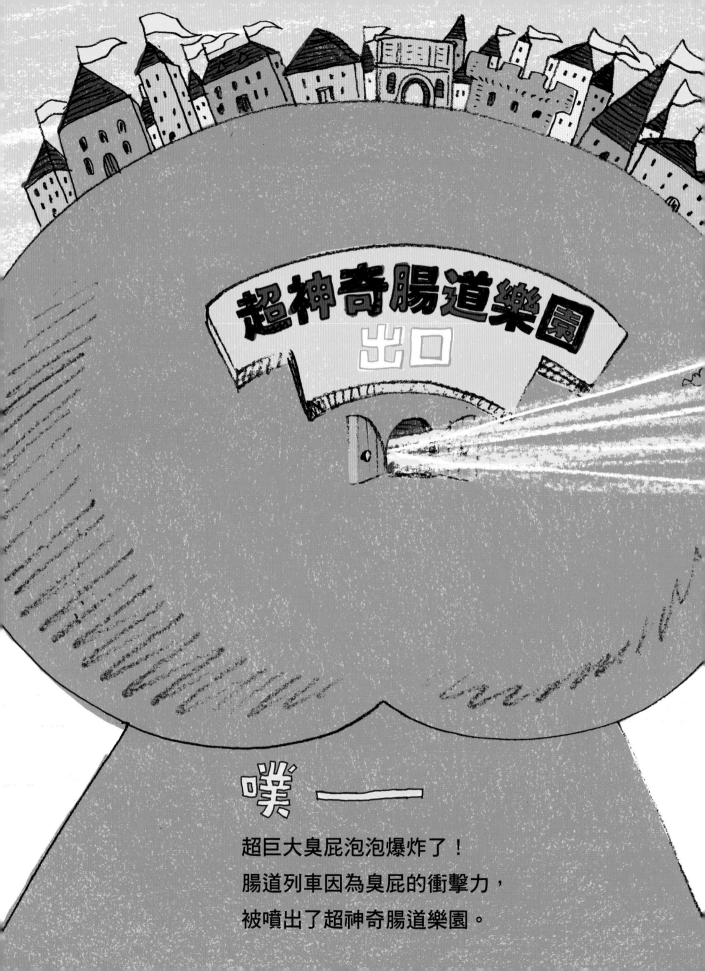

噗———

超巨大臭屁泡泡爆炸了！
腸道列車因為臭屁的衝擊力，
被噴出了超神奇腸道樂園。

小裕和小櫻回過神後，
發現他們來到了腸道廣場。
「接下來是猜謎時間！動物們過來吧！」
腸道博士揮手大喊，附近的動物全都靠了過來。

「猜猜看，這些動物當中，
誰的腸道最長？」
「我猜是大象，因為牠最巨大。」
「我猜是獅子，因為牠最凶猛。」
小裕和小櫻說出各自的看法。

「公布答案！腸道最長的是牛，最短的是獅子！」
「為什麼動物的腸道
會不一樣長呢？」
小裕覺得很納悶。

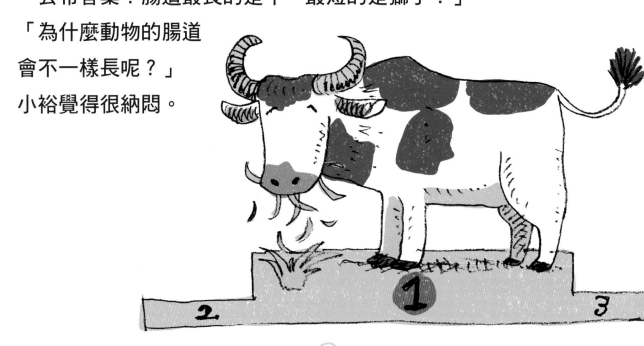

牛的腸道

獅子的腸道

「那是因為吃的東西不一樣。
牛吃的草營養成分較少,
所以腸道必須夠長才能完全吸收。
但是獅子吃的肉營養豐富,
腸道不需要太長就能攝取足夠的養分。」

「你們知道嗎？腸道裡住著好菌、壞菌和中性菌喔！
中性菌就是不好也不壞的菌。」

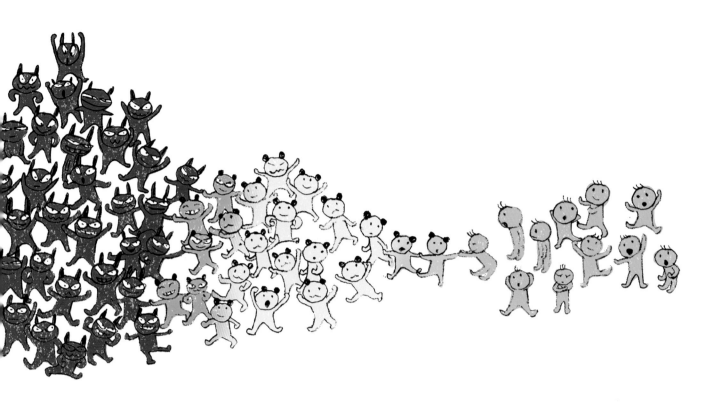

「好菌能幫助腸道吸收營養，還能保護身體不生病。

壞菌容易讓身體不舒服，還會產生很臭的屁。

而且壞菌的數量太多，中性菌就會受到影響，

漸漸變成壞菌的同伴！」

「那可不行！怎麼做才能阻止壞菌增加呢？」

小櫻焦急的問。

「讓我來教你們兩種體操，
幫助維持腸道健康，壞菌不增加！
一起做做看吧！」

雙手自然下垂，然後像兔子一樣往上跳。

不必跳得太用力，腳尖盡量貼著地面。

這是相撲選手操！

「這兩種體操每天都要各做10次唷！」

張開雙腳，呈半蹲姿勢，把自己想像成相撲選手。

先把上半身往右邊轉，再往左邊轉。

「對了，腸道和大腦是好朋友喔！」
小裕和小櫻聽了，都非常驚訝。
「例如，你們緊張的時候，是不是會覺得肚子怪怪的？」
「啊！參加鋼琴發表會那天，我的肚子一直很不舒服！」
小櫻說。

「我是一緊張就想放屁。」
小裕跟著附和。
「那都是因為大腦把緊張的感覺告訴了腸道。」
腸道博士說。

「現在，我再出一個謎題考考你們！
什麼盒子在拿到的時候很滿，用完之後變得很空？」

小裕放棄作答。

「哈哈哈！答案是便當盒！
快來吃有益腸道健康的食物吧！」
「太棒了！」
小裕和小櫻開心得手舞足蹈。
「比起做體操，我還是更喜歡吃便當！」

吃完便當後，
兩人突然聽見一陣音樂聲，
一群形狀各異的大便朝他們走來。
「他們是便便遊行表演大隊。」
腸道博士說。
表演大隊越來越近，
最後在兩人面前停下來。
小裕心裡很緊張，
不知道他們接下來會做什麼事。
就在這個時候……

噗———

小裕不小心放了一個屁！沒想到……

便便遊行表演大隊和腸道博士都消失了，
兩人回到了幼兒園的教室裡。
「小裕、小櫻，你們回來了。」
敏子老師說。
「小朋友，如果想上廁所，
一定要舉手告訴老師喔！」

神奇的消化道

文／陳敬倫（臭寶爸、兒科醫師）

有看過醫生幫病人照胃鏡嗎？醫生會看著螢幕，把一根又長且可以彎曲的內視鏡放進病人的嘴巴裡，經過喉嚨、食道，抵達胃部，螢幕顯示出的畫面就像是火車過山洞一樣，非常有趣。

人體的消化道從口腔作為起點，吃飯細嚼慢嚥，咬碎的食物和口水均勻混合後，才能順利吞嚥。食道是食物前往胃部的細長通道，若不小心吞下異物，像是魚刺、電池、玩具零件等，卡在食道裡就糟糕了！胃部是儲藏和消化食物的器官，胃黏膜會分泌胃酸和消化液，能夠殺死食物裡大部分的細菌，並分解蛋白質（例如肉、蛋和牛奶）。

接著，溼糊糊的食糜進入小腸，腸黏膜有一個稱為「絨毛」的構造，能大幅增加吸收的表面積，不放過食物中的任何營養。大腸負責吸收剩餘的水分，最後形成糞便。如果沒有規律排便，糞便在大腸裡待得越久，就會被吸得越乾硬，好像一顆顆的羊便便，經過肛門時會造成疼痛，甚至流血。

我們的腸道內存在許多細菌，有好菌、壞菌和中性菌。人需要吃飯，好菌也是。好菌的食物稱為益生質，通常是水溶性纖維或寡醣，蔬菜和水果有大量的纖維和寡醣，如果不攝取蔬果，腸道的好菌就會因為沒有食物吃而消失，剩下的壞菌容易製造氣體和刺激腸道，造成脹氣和腸絞痛，所以即使每天吃益生菌，也必須維持均衡飲食。

此外，大腦和腸道之間有著很複雜的連結。大腦藉由迷走神經影響腸胃蠕動，腸道則透過分泌胜肽和荷爾蒙影響腦部，形成聯繫網絡「腦腸軸」。最有名的例子就是近期很熱門的「瘦瘦筆」，這是一種人工合成腸泌素，用來控制血糖和抑制食慾。研究也發現腸內菌的產物能影響腸道外的其他器官，甚至補充特定的益生菌還能讓心情變好，輔助治療憂鬱症。

深入了解腸道，就會發現它不只是消化器官，同時也是免疫、神經和內分泌器官，而且腸道健康與否影響著全身的新陳代謝，各位爸爸媽媽一定要讓孩子從小養成均衡飲食、規律運動和排便的習慣喔！

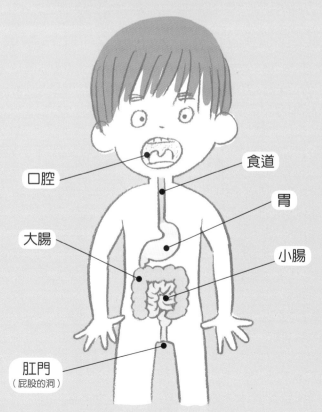

口腔　食道　胃　小腸　大腸　肛門（屁股的洞）